청어詩人選 246

# 요양원 햇살

### 서윤택 시집

도서출판
청어

# 시인의 말

정적의 초침소리 삼경을 지나 사경으로 가는 시간의 경계는 누구한테도 간섭받지 않는 평화와 자유의 시간, 화폭을 채색해가는 화가의 마음처럼 시어들의 춤사위는 밤을 잊는다.

무엇을 써야 하나, 무엇이 쓰게끔 하나. 그 원동력은 자신의 빛을 찾아가는 행복한 시간이다. '노력한다고 글을 잘 쓰는 것이 아니라 많이 읽고 써야 풍성한 콘텐츠로 문장을 이룬다.' 했듯. 쓰이지 않을 땐, 억지로 짜내기보다 환경의 변화를 찾고 남의 글을 읽다 보면 자신의 글도 탄생 되는 것 같다.

광산에서 원석을 발견한 광부의 감흥처럼 한줄기 글맛을 채색해가는 행간의 퇴고 과정은 긴 여정 홀로 걷는 고독한 나그네가 사막의 오아시스를 찾아가는 행로다

요즘 시집 읽는 사람이 어디 있느냐고 한다. 문자에서 벗어난 멀티미디어 시대의 패러다임 전환은 눈과 귀를 사로잡는 트렌드 시대다. 자신이 원하는 콘텐츠는 인터넷이 알아서 척척 답해주는 IT 기술의 4차원 시대 인공지능(AI)은 머지않아 자동차 운전도 사람에게서 로버트가 대신 운전하는 시대가 도래 할 것이다. 인간의 편리성을 추구하는 '상상의 나래'가 어디 이뿐이겠는가.

시를 배운 적도 없어 귀동냥과 눈 팅으로 읽고 쓰는 일밖에 없었던 아웃사이더 필력의 시어들이 독자와 얼마만큼 공감을 누릴 수 있을지 사람마다 살아온 궤적은 다를 수 있어도 비록 한 분의 독자라도 미열을 느낀다면 큰 보람이 아닐 수 없다. 독자 앞에 첫 시집을 발간하는 심정은, 꽃가마 타고 시집가는 새색시가 마을 하객들 앞에 첫 대면을 하는 마음처럼, 마치 취업준비생이 면접관 앞에 선 심정이다.

아직 시인이라는 범주는 시안詩眼이 부족하다. 홍시가 되어가는 땡감은 풍상을 겪어내야 하듯, 아직은 배우고 익히기 위해 많은 공부와 노력이 필요한 과정, 비록 늦깎이 사고와 관념은 낡고 정체된 것이 아니라 늦게 피는 가을 녘 산국처럼 피워내고 싶다.

지난날 지도 편달하여 주신 대한시문학협회 모산 김진태 고문님, 첫 시집 출간에 앞서 졸시를 서평 해주신 정성수 한국문인협회 부이사장님, 시집 표지 동양화 그림을 선사해주신 동양화가 설파(雪波) 안창수 화백님, 꼼꼼하게 편집해주신 청어출판사 이영철 대표님, 시를 공부하는 초심자에게 많은 가르침을 주신 '뉴스N 제주'의 이어 산 칼럼 '토요 시 창작 강좌' 분들께 감사드립니다. 독자 분들의 건승을 기원 하면서…

2020 늦봄
서윤택

# 차례

## 3부 / 바람

## 4부 / 희망

# 1부

## 당신

어디선가 이어오는 풍경소리에
그지없이 평화로운 참 나인데
획– 소리 일며 머리 위 지나치는
산새 한 마리
내 마음 깃 물고 가는
너는 누군가

# 강경장날

싸리발지게에
한 짐 실려진 노란 참외
한 접 반

동트는 새벽녘
쉬~엄 쉬~엄
십여 리 길 발품 팔아

강나루 뱃길 건너
읍내 시장바닥 한구석을 차지했다

반나절 만에
애지중지 키워낸
널 장사꾼에게 넘기고

길모퉁이 국밥집에서
허기진 배를 채우며

제값 받지 못한 아쉬운 속내
막걸리 사발로 벌컥벌컥 마음재우다

저물녘 해 걸음걸이
농부가 흥얼흥얼 갈지자걸음은
오 리 길은 십 리 길 되어

저녁때가 다돼서야
사립문 들어서시던
아버지 지게 발목엔

어김없이 소금절인
간 갈치 한 두름*과
고등어한 손 매달리고

누런 사각봉투 속엔
겹겹이 포개진 식은 풀빵 열 개가
담겨있었다

취중 말씀은 들리지 않고
봉투 속만 관심 많았던
어린 자식들 마음…
당신이 그립습니다

*두름: 한 두름은 20마리 조기, 짚으로 한 줄에 10마리씩 두 줄로 엮은 것

# 삯바느질

바늘귀에
자식이 앉아 있다

한 땀 한 땀 이어가는
야삼경 긴—긴—밤

옥색치마도 아직인데
분홍저고리는 재촉을 하고
골무는 아프다 징징댄다

쉬 사위어지지 않는
이별한 임
뒷산 소쩍 울음인가

끝내 돌아올 수 없는 길이기에
허한 속내 다독이다
바늘 끝에 찔린 손끝

벗겨도 벗기어도
양파의 가난 굴레

끼니라도 뱃속 채우라고
외딴섬 맡긴 새끼를 품고
베갯머리에 묻는
곤한 몸뚱이…

# 백일 꽃

어미 탯줄 끊고
첫울음 터트린
너에 인생 서곡
슬퍼서 우는가
기뻐서 우는가

하늘문이 열리던 날
대지는 너를 품었다

세상에서 하나뿐인
신비한 너에 모습
이보다 더한 감흥이 어디 있으랴

지구 한 모퉁이에서
넘어지고 일어서는
너에 홀로서기 등 뒤엔

태풍 앞엔 산이 되어 주고
어둠 앞엔 등불이 되어주며
널 지켜가는 어미아비의 눈빛

활 없는 화살은 날아갈 수 없고
노 없는 배는 항해할 수 없듯

세월 흐른 먼~ 훗날

네게 다름이 찾아온
환경과 위상 앞에

무엇이 되어가랴
아비어미는

# 문상(問喪)


올 때는 자신이 울더니
갈 때는 남이 울어주네

어깨를 들썩거리며
애곡하며 울던 핏줄도
그리 잊혀가는 세월

그토록 움켜쥔 손
무엇을 가져가고
무엇을 남겼는가

관(棺) 밖의 재물도
관(棺) 안의 몸뚱이도
제 것도 아닌 것을

애지중지 아낀 몸
살 때는 알겠으나
갈 때는 모르겠네

다시 올 수 없는
덧없는 인간사
뉘라 다르랴

# 외갓집 가는 길

토요일은
학교수업을 마치고

개울 건너
십여 리 길 걸어
외갓집 가는 날

낯선 동네
개 짖는 소리에

마을 어귀
살금살금 벗어나면

민둥산 언덕배기에
살포시 피어나는
달콤한 여린 삘기 뽑아먹다

산 말랭이 맞닥뜨린
공동묘지 무서움에
발길 재촉하다

산골짝 숨은 방죽에
입수하는 파란 물총새의
기특한 사랑게임에 넋을 놓다
서두른 해거름 길

저― 멀리 보이는
산골짝 초가집 한 채

굴뚝 흰 연기
산자락 퍼져 가고

나를 향해 멍멍 짖던
앞마당 검둥이

저곳이 한 집뿐인
산기슭*에 자리한
외갓집이었다

*산기슭: 산의 비탈이 끝나는 아랫부분

# 고향 가는 길

강어귀 매여 놓은
고깃배는 보이지 않고

나루터 뱃길 자리엔
낯선 차들만 오고가

강심에 백로들
한가로이 하늘가 맴돌고

낚싯대 드리운 강태공
무슨 근심 떨쳐가나

참새 쫓던
들녘허수아비
보임 없고

획- 지나치는
텃새 한 마리
고향 찾음 반김인가

홍수가 삼킨
그 어린 소녀는
지금쯤 아이 엄마 됐을 텐데

개울가 물고기 잡던 자리엔
시멘트형틀로 채워진 농수로

그윽이 눈길 보내시는
뒷산마루 아버님 산소

동구에 들어서니
묻고 떠난 유년추억
다시 일어서는데

숨바꼭질 고샅길* 잔영은
시멘트로 덮히고

마을젖줄 우물 샘 자리엔
공덕비가 자리하였네

뜀박질 오르내리던
유년 적 뒷동산 비탈길마저

잡풀로 막혔어라

한적한 마을길엔
옛사람 보임 없고
낯선 아이얼굴들
서먹하기만 한데

담장너머 오고가던
살갑던 이웃 정은 언제였던가

고향 지킴 친구마저
뒷산 자락 누웠는데

반갑게 맞아주시던
사립문 앞 어머니마저
보임 없어라


*고샅길: 시골마을 좁은 골목길

# 성묘회한

묏등 언저리에
잔잔히 피워내는 제비꽃 잔상
살아생전 당신 모습인 듯
고사리도 함께 하는
비애(悲哀)입니다

이런 탓 저런 핑계로
이제야 찾아온 발길

격랑의 삶 앞에
허둥지둥 살다 보니
그리 잊혀간 일상

떠나신 후에야
가슴자리 내리는 풍수지탄 회한
잔디 끝 일어섭니다

# 추석 그림자

먼발치 오는
설핏한 그 모습
혹여 너인가

둑길 그 걸음걸이
혹여 너였으면

눈길 치켜
긴가민가한
마음자리

오는 이에게 묻는
새가슴

이루지 못한 자
어디 너뿐이랴

푸념하는 자식 얼굴
그래도 좋으련만

때 되면 철새도
돌아오던데…

사립문 들어서는
어미 맘

# 부모 마음

순항하는 자식 木船에
돛을 달아주고 싶었다

# 요양원 햇살

오늘아침 창가햇살
내일도 여느 날처럼
다시 볼 수 있을까

다음 주는 피붙이들
어미 보러 온다했는데

오늘도 눈으로 먹는
단조로운 종지밥그릇

수수깡 뼈마디 속
숨은 혈관을 찾는
간호사의 숨바꼭질

몇 번을 찌르고 나서야
링거물방울 똑- 똑
혈관 속을 채워간다

네게 보내는 눈빛만이

내 유일한 소통이건만

바람처럼 스쳐가는 의사의 몸짓
너스레 떠는 간호사의 우문(愚問)만
귓전을 스친다

한밤 어둠 속 묻힌
병상에 뉘인 몸들

그 목숨 놓지 못해
몰아쉬는 거친 숨소리
오늘밤 무사할까?

불현듯 파도처럼 밀려오는
소낙비 통증의 절박한 속내

죽을 만큼 아프다고
아이울음소리 한 번 터트려 봤으면

내 안에 생성되는 배출물질
자력으로 할 수 없는 수치스러운 삶
마치고 싶다

피골상접 이내 몸뚱이
남은 것은 코끝 숨결뿐

피안세계 가는 길이
이리도 요원한가
내 집에 가고 싶다


＊요양병원에서 어머님을 여의시고

# 고독 사

하늘길이 높아
가지 못함도 아니요

땅 끝이 멀어
가지 못함도 아니요

뱃길이 험해
가지 못함도 아니요

다만 네 어깨
짐이 될까 하여라

혹여 네 터전
바람 불까 하여라

울며 보채던 네 모습
엊그제이었거늘

네 모습

멀게 느껴지는
자식 맘이구나

창틈에 냉冷 바람
뼛속까지 에일지라도

이대로 널 품고
눈뜨지 말았으면

# 하늘 그리움

가없는 하늘가
구름 한 점

영(嶺)을 넘지 못하고
산 아래 굽어보네

이맘때면
뒷산 뻐꾹 산울림에
들녘 일손 바빠 갔거늘

산색(山色)이 좋다하나
내 집터만 못하고

산새소리 청아하나
자식소리보다 더하랴

담장에 찔레꽃 곱고
앞마당 아련하여라

병상에 뉘인 몸
그리도 너에 발길 그리다

꽃상여에 몸 얹혀
황망히 떠나온 산자락

아! 돌아갈 수 없어
돌아갈 수 없어라

해 질녘
산 그림자 내리면
눈물 젖노라…!

# 폐지 줍는 노파

혹여 뺏길세라
골목길 훑는 여명아침
진둥걸음 더디다

버리는 자 줍는 자
삶의 방편인가

온종일 누빈
손수레 한 짐

퇴계선생 눈길 주나
율곡선생 보임 없고
세종대왕 그립다

소찬 한술에
주린 배 채우고
곤한 몸 뉘는데

한밤 밀려오는
소낙비 통증에
괴성조차 듣는 자 없는
허공의 손사래

혹여 생명줄 놓을까
가슴팍 내리는데

그 자리에
네가 보임 없구나


＊시작노트: 늙어지면 자식에게 짐이 되는 부모

# 갈대꽃 필 때면

강 물결
휘돌아 가는
강기슭

갈 숲 바람에
그네를 타는
개개비 소리에

먼 길 떠났던
흰 물 새떼
강섬으로 돌아오고

하늘가 종다리소리에
들녘 풀빛 번져가던

그 자리에 흐르는
부모님 잔영

# 바느질

화려한 무대 모델의상도
여염집 규수 고운한복도
젠틀맨의 기품 갖춘 양복도
숨은 자의 눈빛과 손끝 있었네

# 새끼

서울 간다며
책가방 하나 덜렁
뒷방 남겨놓고

사립문 나서는
네 뒷모습에
눈물 훔친 어미

해가 바뀌어
여느 날 지나면

이 소식 저 소식
전해올까

기별 없는
네 속내

무엇이
네 발목을 붙잡더냐

명절 때가 되면
눈길 가는 저 둑길

먼발치 오는
그 걸음걸이
혹여 너였으면…

# 부모자식

부모는 자식의 뒤를 보지 않으나
자식은 앞을 보다 부모의 뒤를 탓한다

# 기일(忌日)

잊고 살아온 일상 앞에
오늘밤은 당신 오시는

저승과
이승과의 만남

이곳 소식 전해주고
그곳 소식 알고 싶어
잔 잡아 기리는데

밤 깃 타는
뒷산 소쩍 설움소리
임이 오셨나

# 백사장에 핀 그리움

**1.**
아침 바다 금빛으로
물들이는 저 물결

갈매기도 울고 가는
저 외딴섬

바람 실려 전해오는
그대 향기여

파도 실려 전해오는
그대 외침이여

아, 돌아갈 수 없어
돌아갈 수 없어라
저 바위섬

**2.**

해 너머 노을하늘
그리움 번져

둥근달이 고요히
물결 위에 내리면

은빛 바다 일렁이는
저 물결

잠 못 이뤄 뒤척이는
이 밤이여

꿈결 속에 보려나
이내 심사

아 돌아갈 수 없는
저편 그리움

*제주도 해녀콩 꽃 전설

# 사랑은 저울이 아니야

무엇을 주려고 하기보다
무엇을 받으려 하기보다
준 것만큼 받고자 한다면
사랑은 거래야

내가 너에게 해줄 수 있는 것은
네가 나에게 해줄 수 있은 것은
애써 저울처럼 균형을 맞추려 말자

설령, 그 한쪽이 크게 보이고
다른 그 한쪽이 작게 보이는
기우림이 찾아오거든
기우린 그 한쪽을 받쳐주는
지렛대가 되어 주고
그 마음 주눅 들지 않게
지그시 눈을 감아주자

많고 적음의 소유에서
마음 사려 하지 말고
네 눈빛 속에 담아둔
내 가슴속에 심어진

첫 마음을 견지하자

어렵게 얻은 마음
잃기는 쉬우나
다시 얻기는 더 어렵다

말 한 필을 잃고나서
화와 복이 찾아온 새옹

내가 갖춘 소유는
영원할 것 같으나
변화가 찾아온다

내가 소유하고 있는 것이
한 개뿐일지라도

그 한 개의 반쪽도
내줄 수 있는 사람인가
나는

내가 처한 환경과 위상이
전과 다름이 찾아온다면
옛 마음을 지킬 수 있는 사람인가
나는

# 거리의 잔상

거리의 인파 속
언뜻 스쳐가는
그 모습

애써 지나치나
한번쯤 붙잡고 싶은
그 한사람

떠난 속내 치닫던 애증의 정점
일상 앞에 어떻게 삭혀갔을까

되돌아서 붙잡고 싶은
이내 심사

이미 저만큼 멀어져 간
네 뒷모습

# 산 그림자

고운 햇살 부여안고
당신 오시는 산마루길
산새도 반가워 소리소리
이어가던 날 언제였던가
봄이 오면 가지마다
송이송이 산꽃이 피면
숨은 속내 풀어놓는
눈물 젖는 산골 향
서둘러 떠나온 맺힌 가슴
묏등 잔디 일어서는데
무슨 속내 그리 깊어
발길 멈추셨나요?
오늘도 놀 빛 젖는
저 산마루 등성

# 산사(山寺)


마음자리 무거워 산문에 들어서니
험상궂은 얼굴에 부리부리한 탁구공 눈알을 부릅뜨고
대문 앞을 '떡' 지키고 서있는 사천왕문지기
내 속내를 간파했나
검(劍)든 손에 기가 죽어
짓누르던 쇳덩이 마음도 도망쳤나
서둘러 경내로 발길 재촉하나
내 뒷덜미를 '꽉' 붙잡는 듯 오싹한 등골
절간을 둘러봐도 고승 사자후 들림 없고
산방 마루 밑 가지런히 놓인 흰 고무신
가부좌 튼 참선수행 마음 끝 붙잡는
삼매경인가
절(寺) 벽에 그려진
목동과 흰 소의 벽화를 둘러보나

알 듯 모를 듯 무심한 마음자리
벚꽃 분분히 흩날리는
적막한 경내
어디선가 이어오는 풍경소리에
그지없이 평화로운 참 나인데
획– 소리 일며 머리 위 지나치는
산새 한 마리
내 마음 깃 물고 가는
너는 누군가

# 할미꽃이 된 할매

묘비 없는 무덤가에
한 떨기 붉은 자태

누굴 기다리는
그 속내인가

봄바람 앞세워
재 너머 오던 날
언제였던가?

오는 이 가는 이에게
눈빛 가고 귀를 열어

고운 비단 옷 단장하고
단잠들 때면

나무 끝 산 새한마리
소리소리 깨워가네

# 2부

## 내 곁에

그 언 가슴 녹이고 녹여서
달빛 품은 갠지스강물에
널, 띄워 보내고 싶다
등 밝힌 연꽃에

# 꿈자리

불현듯 찾아온
그 속내

너에 애증인가
나에 아픔인가

이부자리 숨겨놓고
내 넋을 어디로 끌고 가는
유체이탈인가

낯선 환경 속에서
해후의 기쁨도 잠시

불현듯 사라지는
새벽녘 너에 환영(幻影)

애증의 회한인가
그리움의 화신인가

# 자리

내 자리도
네 자리도 아닌

우리 모두
함께 하는 그 자리

바람처럼 스쳐 가는
자리라면

잠시 머물다
다음사람에게
비워줄 자리라면

조금 일찍 비워주면

내 자리가
더 향기롭지 않을까

# 당신 떠난 후

날개 속 새근거렸던
새가슴 부여안고

창밖 귀뚜리소리에
다독여 갔던 속내

끝내 돌아올 수 없는
길인 줄 알면서

혹여 해후를 기대하며
살아온 반세기

당신을 차지했던 가슴자리도
꿈결인 듯합니다

# 독주(獨酒)

술을 마시면
당신이 생각나고

술에 취하면
당신이 그립고

술에 만취하면
당신을 불러봅니다

# 벚꽃 향연

화사한 이 봄날
천사도 시샘하는
하얀 꽃 필 때면

그대 오시는 길목에
청사초롱 꽃등 걸었네

송이송이 꽃이 좋아
찾아오는 발길들

저들 무리 속에
혹여 묻혀 올까

어디선가 손사래 치며
달려올 것 같은
그 모습

어디선가 소리치며
부를 것 같은
그 음성

무슨 속내 그리 깊어
발걸음 멈추셨나요

나비처럼 내려앉는
분분한 꽃잎들

오늘도 보이지 않는
그 모습이여

내일이면 늦습니다
그대여!


*시작노트: 벚꽃축제 그리움

# 정적

삼경에 뜬 달은 허공에 머물고
만상은 고요히 삼매에 젖는데
들락거림 잔상에 잠을 잊었네

탐·진·치* 그림자 떠남 없고
오고 간 인연마다 무상한데
빗장 건 마음마저 쉴 없구나

바람에 흩날리는 가랑잎마음
일심불란* 견지하기 어려운데
밤 깃 타는 두견소리 섧구나

*탐·진·치(貪·瞋·癡): 욕심·성냄·어리석음
*일심불란(一心不乱): 한가지에만 마음을 써서 마음이 흐트러지지 아니
하게 함

# 장미

담장 너머
당신을 훔쳐보는
이내 속내가
이렇게 붉은 줄은
나도 몰랐습니다

# 사람이 그리운 날은

사람이 그리운 날은
너에 소리 메아리 되어
들려왔으면

사람이 그리운 날은
잔 기울이고 싶은 한 사람
내 곁에 함께 있었으면

사람이 그리운 날은
담소를 나눌 수 있는 한 사람
내 창문을 두드린다면

서로가 가슴을 열고
나는 네가 되어보고
너는 내가 되어보며

내 허물 네 허물
서로가 풀어놓고

너에 미소에
위안이 되어가고

너에 눈빛에
희망을 갖는

그런 한 사람
내 곁에 있었으면

# 달무리

어둠이 짙다 한들
내 속보다 더하랴

달빛이 밝다 한들
내 속내까지 비추랴

바다 속이 깊다 한들
내 속보다 더 깊으랴

삼라만상 저마다
정적에 쌓였는데

밤 깃 타는 두견소리
이심전심인가

# 그리움의 반추

너를
떠나보낸다고
떠나보내야겠다고
떠나지랴

너를
잊고 싶다고
잊어야겠다고
잊히랴

내 안에
새순처럼 돋는
너에 향기

# 정적의 빗소리

내 안에
숨어 지낸 자 일어서는
한밤 빗소리

잔 기울이며
담소를 나눠갔던
그 한 사람

그침없는
빗줄기가 굵어지는
이런 밤엔

불현듯 찾아오는
그 한 사람

상한 가슴 남겨놓고
떠난 그 한 사람…

# 내 안의 너

삼백육십오일 거듭된
해는 반백년이 흘렀건만
그리도 떨치지 못하고
밤 깃 타는 너에 냉가슴
풀무질로 숯덩이 달궈
그 언 가슴 녹이고 녹여서
달빛 품은 갠지스강물에
널, 띄워 보내고 싶다
등 밝힌 연꽃에

# 놀빛 부부

산 그림자 내리는
해질 무렵

흙손 털고
당신 함께 걷는
한적한 들녘 길

획– 소리 일며
제 둥지 찾아가는
산새 날개깃

세월 턱 고비마다
소설책 한 장 한 장 넘기듯

다음 장을 기대하며
그렇게 살아온 당신

저 산등성 놀빛
한 폭 재단하여

옷 한 벌 해주고 싶은
당신 삶 언저리

언제까지 내게
동행자가 되어줄까
보석 같은 당신

# 뫼산의 사계

봄,
산자락 번지는
꽃들의 향연

여름,
산새들 소리에
나무들도 귀를 열어

가을,
곱게 물든 산자락에
모여드는 몸짓들

겨울,
눈 덮인 묏등들
이웃 간 속삭이다

북망산자락에
어둠이 내리면

밤하늘 별빛 되어
은하수세계 머물다

새벽녘 귀향하는
이승 그리움

# 네 속/내 속
-위선과 가식

밤하늘 보름달은 잘 보면서
지평선 땅 끝까지 잘 보면서
수평선 바다 먼 곳까지 잘 보면서
한 뼘뿐인 제 속은 보지 못하나

제 속은 철문을 걸어 잠그고
남에 속은 유리문을 원하는
네 속내

# 빛바랜 연서

**1.**
혹여 하며
숨어 지낸 나이테 세월
둥근달이 고요히 창에 비치면
마음자리 뉘어가던 세월그림자
사노라면 해후도 찾아올까
책장 속 숨어 지내는
너에 향기

**2.**
혹여 하며
잊고 지낸 마음자리
행여나 로드에서 마주칠까
혹여나 재 너머 산다면
솔바람에 소식 전해올까
책갈피 숨어 지내는
너에 잔영

# 청산에 묻혀

내 사는 동안
외진 곳이면 어떻고
번한 곳이면 어떠며
허름하면 어떠리오

빈부로 살든
귀천으로 살든

담장에는
장미로 울타리치고

소박한 마음으로
텃밭 일구며

푸성귀밥상에 담소 나눌
내한 사람 곁에 있으면
이아니 족하리오

먼 길 찾아온 손님
형편대로 소반 차려놓고
잔 기울이면 되거늘

청산에 묻혀
자연함께 사노라면
이 아니 족(足)하리오

어이타! 소유만으로
사람살이 논하는가


*CD음반 수록: 작곡 김광자/성악가 김요한

# 그림자

만물의 상은 그림자를 남기나
그 상을 만들어 가는 것은
자기 자신이다

# 3부

## 바람

들숨은 생(生)요
날숨은 사(死)인
코끝에 있다

# 너에 잔영

언제까지, 언제까지나
내 곁에 머물 것이냐
이제는 떠나가거라

강 건너 봄은 오는데
아직도 내게 머문 그림자
언제까지 머물 것이냐

네가 찾아올 때면
얼음장 위에서 잠을 청하는
검푸른 밤 까마귀 속내다

네가 찾아올 때면
풀잎에 숨은 청개구리
소낙비와 싸운다

한밤
나를 일으켜 세우는
너에 잔상들

이제 새날을 위해
살얼음 위를 걸을 수 있다

저 산등성
흰 구름 태워주고 싶다
널

# 월세방

가스불빛에
찌개가 끓는 아침이 좋다

스위치 터치에
내 방이 환해서 좋다

경비원 초인종소리 없는
저녁이 좋다

집주인 성화 없으니
마음이 평화롭다

오늘은
내 심사가 평온하니
안빈낙도인가

# 술향

소년은 호기심으로 마시나
청춘 때는 의리 앞에 폭음이요
젊을 때는 두주불사 잔을 비우기 어렵고
장년 때는 유혹에 빠지기 쉬운 술잔 앞 남녀 마음
늙마 때는 유유자적 홀로 즐기는 절제 주(酒)
너와 나눈 소통의 잔술은 강물이 되었네
그것이 인생이었나

# 혼술

네 말 내 말
옳다 그르다
시비 없고

이념의 사고도
진영의 편향도
진부 없어

너에 개인주의 독선도
나에 합리주의 형평도
다툼 없어

애증의 파고도
혼자 물들고

과거사 상흔
범부도 스승도
나이거늘

혼자 마시면 침묵하나
함께 마시면 소리 나는
주(酒)

들락거리는 잔상과
독백하다 곤하면 자리라

# 분재의 아픔

내 의사와는 전혀 상관없었다
내 아픔 따윈 관심조차 없었다

내 수족을 잘나내는 것도 모자라
철사 줄로 칭칭 동여맨 영어(囹圄) 몸

이내 억울한 하소연
바람에 실려 보내고
구름에 태워 보내며

저 태양에 읍소하고
한밤 보름달에 빌고 빌며
창문을 두드리며 절규했으나
모두가 침묵했다

햇살 내리는 그곳 산자락
바람결 넘는 그 언덕바지
산새소리 청아하게 들리고
맑은 계곡물 흐르는
그 숲으로 날 보내주오

하늘과 땅과 바람 이는
그곳으로

# 나이

올 때는 어려서 몰랐고
살 때는 꿈꾸다 잊었고
갈 때서야 알았네

# 그 속내

네 속을 훔쳐보기 위해
네 눈치를 몰래 살피다
그만 네 말에 놓쳤다

# 바람 불면 떠나라

그곳이 길이라면
남풍이든 북풍이든
항해에 돛을 달아라

누군가는 개척해야 할 길이라면
너에 뒷사람이 가야 할 길이라면
그 뱃머리에 깃발을 휘날려라

하늘문은 열렸고
대지는 너를 부른다

그곳인들 햇볕이 없으랴
그곳인들 바람이 없으랴
그곳인들 물길이 없으랴

너에 눈빛은 매가 되어
너에 발끝은 치타가 되어
너에 용맹함은 사자처럼
그 장벽 이념을 허물어라

산과 산이 마주하는
백두대간 산하 정맥

한강물은 대동강으로
대동강물은 한강으로
두 물줄기 두물머리처럼
얼싸안고 춤을 추며

끊어진 민족정기
하나 되어

아름다운 금수강산
해 돋는 동방의 나라에
한반도 깃발을 드높여라


*당면한 남북 시국

# 존재의 유무

한 뼘도 안 되는
협곡에서 분출하는
정자의 춤사위

생사의 경주에서
일등한 자만 살아남아

난자의 환대로 성숙해가는
인간의 창조

뭇 생명의 원초적 근원은
물에서 시작되지 않았던가

태초에 흙으로 만든
아담의 신에 창조물은
물이 아닌 흙은 아이러니하다

온 곳도 모르고
가는 곳도 모르는
저편 피안세계

해도달도 침묵하고
밤별도 묵언하는데

전생과 현생
두 생을 살다간
매미와 호랑나비는
알 수 있을까?

# 늙마와 주름

엊그제가 봄날인데
여름 장미는 어느덧 지고
가을바람에 억새가 흰다

티 없던 홍안자리
그 누가 그려놨나

준적 없는 붓 필인데
그 누가 그려놨나

한밤 찾아와
몰래 그려놓고 간
도둑바람이었나

아이들 놀이로 변한 사방치기*
숨기고 감추며 봄날을 창조해가는
미다스 손끝

아직도 내 가슴속
봄날은 그대로건만

줬다 뺏는 젊음은
창조주의 뜻인가

저 산등성 놀빛으로
분칠하고 싶다


*사방치기: 어린이들 전통놀이 땅에 그림을 그려놓고 땅따먹기 하는 것

# 고사리

산중 심은 마음 근(根)
찰나의 허상 끝을 붙잡고
마음자리 뉘어가는
공허한 빈 가슴

심문(心門) 틈새로 넘나드는
마음끝자락 뉘는데

새순처럼 돋는
멸하지 않는 망상

둥근달이 고요히 차오르면
아슴아슴 피어나는 인연자락
작두날 위에서 춤을 춘다

재를 넘는 강풍에
소낙비도 가혹히 때리고
먹구름 속 번개불빛
천둥소리 두려우나

미동 없는
너에 자태
그 가슴속 누가 자리했나

하늘가 흰 구름
눈길 줄 때면

그 업을 거둬가는
어느 노파 손길

피안으로 가는
적멸인가


*시작노트: 불도 닦는 스님

# 위선자

미풍을 어찌 태풍이라 하고
가랑비를 어찌 소낙비라 하고
반딧불을 어찌 횃불이라 하는가

# 거꾸로 가는 시계

초침은
분침의 자리로
되돌아가고 싶다

분침도
시침의 자리로
되돌아가고 싶다

시침은
차라리 고장 나서
멈춰 준다면

24시간 주야를 없애
나를 다시 찾고 싶다

# 소유의 회전


네 것인 양
내 것인 양 움켜쥐나

내 것은 네 것이 되어가고
네 것은 내 것이 되어가는

인연의 소용돌이
순서가 바뀔 때 있다
너와 네가

새옹의 말(馬) 한 필
길흉 올 줄 누가 알았으랴

지구 공전은
낮과 밤을 바꿔놓듯

부귀도 권세도
교차로 신호등처럼
바뀔 때가 있다

하늘같은 그대 위상
명암이 없으랴

# 사람 사이

가장 높은 곳에 있어도
두려움을 못 느끼는 새는
날개 때문이나

가장 낮은 데 있어도
두려움 속에 사는 것은
사람 때문

우리가 사는 세상
가장 두려운 존재는
바로미터에 있다

# 생사는 어디에 있나

들숨은 생(生)요
날숨은 사(死)인
코끝에 있다

# 구름인생

누가 오라 했나
누가 가라 했나
그리 울며 오더니
갈 때는 침묵하네
크다고 뽐낸 삶
작다고 움츠린 삶
색과 향은 달라도
필할 길 없는 생자필멸
공(空)한 것은 마찬가지

# 4부

## 희망

장미꽃이 붉다한들
내속보다 붉으랴

매화나무 잔설가지
속울음 쌓였는데

재 너머 봄소식은
언제 오려나

# 야생화 슬픔

그 겨울이 지나가고
봄은 왔건만
피하고 싶은 눈길이 있다
애틋이 돋는 새순에는
두려운 발길도 있다
태풍이 남긴 상처보다
더 두려운 당신의 손끝
혹여 이내 몸을 터치하는 순간
나는 전율에 떨며 하늘을 본다
제 인연 다한 분분한 꽃잎들
하늘가 밤별이 되다

봄날이 좋아
꽃으로 환생한
하늘가 별빛들
이산 저산 마주 보며
피워가는 산자락 향

어느 날 혹자의 검은 손에
가혹하게 꺾이고 뿌리째 뽑혀
하늘 보며 절규하던
진달래, 엉겅퀴, 앵초 등
어디 너뿐이랴

다음해도
다시금 피워내고 싶은
이 산자락이건만


*산에 가면 몸에 좋다하여 뿌리째 뽑아가는 이기적인 사람들

# 거리의 노숙자

밤새 깡술에 의존한 속 쓰린 아침
한 끼를 때우기 위해 수용소 포로처럼
줄 선 자들

사자의 눈빛보다
더 두려운 것은
로드거리 차가운 눈빛들

내일보다
오늘이 더 소중한
거리의 방정식

일하지 않으면 먹지도 말라는
그들은 이내 속내를 얼마나 알까

한쪽 발로만 의지한 채 먹이를 찾는
콘크리트 바닥 장애 비둘기가
유독 눈에 띈다

사슴만 쫓던 사냥꾼은
왜 이곳까지 왔을까

과거로 회귀할 수 있다면
또다시 그 길을 가겠다

강 건너 배는 오지 않고
건너가야 할 다리마저 끊기고

한바탕 광풍이 휩쓴 자리엔
새들도 각자 둥지를 떠났다

흔들리는 건물을 등지고
꿈을 키워가는 불야성 밤거리
저들 모습을 보면서

지하도를 어슬렁거리다
눈길 꽂힌 시멘트 바닥
한쪽 귀퉁이

공 박스를 깔며
새우잠을 청해가는
역사지하도 C 모습

혹여, 누군가가 발길질 않을까
불씨 하나 가슴 품는 시린 맘

빛이 없는
빛 속에서
빛을 꿈꿔가는
한밤 정적

# 날개

날고 싶다
날고 싶다
저 창공을

접었던 나래를 펴고
저 하늘을 날고 싶다

칡과 등나무처럼 얽힌
너와 나의 갈등을 걷어내고

저 푸른 하늘
솔개의 눈빛으로
그 성(城)을 날고 싶다

# 기도의 제목

일상 앞엔 온유함을 얻고자
근심 앞엔 평안함을 갖고자
고난 앞엔 용기를 달라며
땅을 치고 애곡하는 마음이나
기쁨 앞엔 당신을 찬양합니다

곤궁하면 가까워지고
부유하면 교만해지기 쉬우며
명성 앞엔 망각하기 쉽습니다

낙심한 내 영혼이
벼랑 끝 놓일 때
등불 꺼치지 마시옵고
어둠 속 빛이 되어주소서

풀잎에 맺힌 이슬생명

"힘으로도 못하고
능으로도 못하오니"

회개하는 내 영혼
긍휼히 여기소서

이 영혼 부르시는 날
주께 이몸 바치오니

찬미할 수 있도록
한없는 기쁨주소서

# 로드거리의 생명력

하필 이런 곳인가
산과 들도 많거늘
제 터 탓하지 않고

틈새 속 피워내는
초록빛 향기

자동차 매연에 숨죽이며
행여나 태풍에 쓰러질까
혹여나 빗물에 쓸려갈까
혹여 누군가에 뽑혀질까

험한 생명 키워내는
길거리 네 모습

저 푸른 들녘에서
네 꿈을 펼쳐라
다음 생은

# 민들레 꽃씨

넌 내일 어디로 소풍 갈 거니
넌 어디로 가는데…
난, 미스터리야

바람에 실려 갈까
빗물을 타고 갈까
혹여 어느 소녀 손길 닿을까
알 수 없는 너와 나

저 하늘 밤별들
우리 또다시 볼 수 있을까
내일도

# 외모

화려한 장미는
꺾임을 당하기 쉽고

우아한 목련은
사흘을 피지 못하나

제비꽃은 작아도
제 수명을 다하고

호박꽃은 투박해도
배를 불린다

# 운명

뭉툭한 무가
요리사의 칼끝에서
깍두기가 되어가고
찌개가 되어가며
때론 버려지기도 한다

빈곤한 밥상에 오르는 자
부잣집 밥상에 오르는 자
호텔 테이블에 오르는 자

누굴 만나느냐에 따라
달라지는 사람의 위상

# 내가 거한 곳

들이쉬고 내쉬는
공간이 넉넉하다면
지하방인들 옥탑방인들 어떠랴
산소 줄에 목숨 줄 연명하는
중환자도 있거늘

내 발길 갈 수만 있다면
거친 풀숲이든 자갈밭이던
못 갈 곳이 어디 있으랴
의족이 다리인자도 있거늘

내 눈빛이 너를 볼 수 있다면
이 보다 더한 빛이 어디 있으랴
지팡이가 눈 인자도 있거늘

너에 소리 들을 수만 있다면
이 보다 더한 감흥이 어디 있으랴
베토벤은 자신이 작곡한 '환희의 송가'도
듣지 못했다

좁다 넓다 호불호
대궐인들 편안하리

귀하고 천한 몸
방바닥 눕고 보면
평수는 같아

궁전이 따로 있나

내가 거한 공간
내 것이라 여기면
안빈낙도 아닌가


*사람이 보고 듣고 걷고 숨 쉴 수만 있다면 행복이다

# 권력

사람이 태산에 오르면
잘 보이던 만상도 점점 보이지 않는다

원하던 것을
취하고 나면
눈도
귀도
입도
발도 장애가 온다

항해하는 선장은
배 밑을 보지 않듯

정상에 선자는
발밑을 보지 않는다

소리 없는 군중은
재 너머에 숨은 태풍과 같고
양 같던 백성도 굶주림 앞에
승냥이로 변한다

민심은 밖에서 듣고
충언은 안에서 듣되

측근의 감언보다
속내를 관찰해야

무슨 공을 세우려 하기보다
관용과 덕치는 자신의 무기다

투쟁하며 함께 오른 동지도
내려 올 땐 혼자 내려와야

# 아직 봄은 오지 않았다

산속 어둠 짙다하나
내속보다 더하랴

보름달이 밝다한들
내속까지 비추랴

장미꽃이 붉다한들
내속보다 붉으랴

매화나무 잔설가지
속울음 쌓였는데

재 너머 봄소식은
언제 오려나

# 참새 떼

뚝방에
햇빛 가림막치고

주린 배를 채우려
떼거리로 몰려왔던
너희들을 쫓는다

대나무 밑쪽에
열십자(+)로 가른 후

그곳에 흙을 채워
훠이- 훠이- 힘차게
가난을 쫓았다

허수아비도
아랑곳 않고 찾아왔던

들녘 그곳엔
들꽃들이 핀다

# 홍수

아이 하나를 삼킨
사나운 금강물살

비명마저 삼켜버린
가혹한 유속 흡입력

더는
그 아이 울음소리를
들을 수 없었다

그 아이는 어디로 갔을까

뜬금없이 비만 오면
흙탕물 범람하던 생명들녘

온통 물에 잠긴
오곡들 신음소리에
망연자실한 농부의 숯 가슴

물살에 제 새끼 떠나보내는
텃새들의 애처로운 날갯짓

살아야겠다는 본능에
흙탕물 헤치며
뭍으로, 뭍으로
쉼 없이 기어 나오던
미물들의 안간힘

하늘을 원망하시던
농부의 숯 가슴은
산에 계시는데

둑길 그곳엔
들꽃들이 핀다

# 올빼미는 잠들지 못했다


보고
살피며
주시하다

설핏 잠든
눈과 귀

빗소리
바람소리에
귀를 여는
휑한 눈동자

주술사의 옹알이로
별 밭에 뉘어가는
그 심사

# 매미소리

내가 우는 것은
울고 싶어 우는 것도 아니요
열락이 짧은 아쉬움 때문도 아니요
과거사 참고 견뎌낸 보상을 원하기 때문도 아니요
남은 生이 짧은 서러움 때문도 아니요

다만 어둠속 미로에 갇혀
새 세상을 꿈꾸는 자의 메신저다

# 길

새들도
하늘길이 있고

산짐승도
숲길이 있으며

물고기도
물속 길이 있듯

미물도
땅속 길이 있다

어찌
사람에게 길이 없으랴

바다에 이르는 강물
에움길*이 없다더냐

산은 높고
길은 험하다며

실크로드만 찾는다면
언제가려하나

발길 내디딘
바로 그 곳이
네 길이건만


＊에움길: 굽은 길

# 생사관
−생사여탈 쥔 자 누구인가

벗어날 수 없는
생자필멸 인간사
가는 방법은 달라도
조금 일찍 가는 자
조금 늦게 가는 자
그 차이뿐

재(財)를 쫓다
심(心)을 물들이다
지(知)를 익히다
애(愛)를 끓다
명(名)을 찾는
생존 본능 명암자리

젊을 때는 보이지 않던 것이
늙어가니 번호표 뽑은 대기자인가

쌓은 공덕도 없으니
가는 길도 무겁구나

내게 남은 시간들
얼마쯤 남았을까?

# 초(草)

살아야 한다
죽지 말고 살아야 한다
어떻게든 꺾이지 말고
살아서 피워내야 한다
비바람도 견뎌내고
먹구름 속 번갯불도
두려워말고
어떻게든 살아서
피워내야 한다

# 소생

누군가는 필요에 의해
심어진 묘목
허벅다리만큼 자란
아파트정원 목련나무
어언 삼십여 년 걸려
함께 커간 어린 딸은
시집을 갔다

겨우내 언 나뭇가지
봄날을 맞아
피워내는 순백한 백옥자태
양귀비도 시샘하는
봄날의 목련 빛

어느 날 두렵고 떨리는
톱날의 굉음에 가지마다 잘려지고
양팔마저 잘려나간 사람들 이기심에
하늘 보며 울었다

뭉떵한 몸통만 남은
그 자리에서 피워내는
한 떨기 저 꽃
한쪽 팔을 잃은 지근거리 단풍나무
그윽이 눈길 보내준다

한줄기 햇살 위로해주고
한 줌 바람도 호호해주던
해를 넘기며 치유해가던
담금질 시간

새들은 갓난아기처럼
변을 가릴 줄 모른다

차량에 낙하 되는
새의 배설물 때문에
참혹하게 잘려나갔다
새들 소리가 들리던
그 나무가

잠시 한때만 지나가면
새도 사람도 쉼을 갖는
터전이거늘

# 이 봄날

겨우내 움츠린
먼 산 나뭇가지
가슴 풀어 재치면
재를 넘는 봄바람
옷깃 스칠 때
산은 부른다

# 자아

내 자신이 싫어지면
남도 나를 싫어하고
내 자신이 활어가 되면
남도 내게 관심을 갖는다

# 해설

## 산 자와 지상과의 포옹

정성수(丁成秀)
(한국문인협회 부이사장)


서윤택 시인의 첫시집 『요양원 햇살』을 단적으로 표현하자
면 대한민국에서 살고 있는 지구인, 그 생활의 보편적 다반사
를 다룬 시, 즉 '생활시'라고 말할 수 있을 것이다.

한평생 살아오면서 스스로 체험하고 보고 들은 수많은 세상
사들이 모두 그의 시속에 다양하게 용해되어 있다. 따라서 그
의 시는 기교가 승하다기보다 소박하고 진정성이 있는 시적
리얼리티가 따뜻하게 살아 숨 쉰다고 말할 수 있을 것이다.

때문에 어느 시를 읽어도 기교를 위한 기교, 지나친 시적
제스처에 의한 거부감이나 조작된 난해함이 느껴지지 않고
있는 그대로의 초연한 모습으로 평화롭게 다가온다. 말하자
면 그의 시는 여러 가지 면에서 세상과의 불화가 아니라 화해
의 시이다.

이미 생에 대한 해답을 얻은 자로서의 지혜가 엿보이는 시
편들, 즉 가족애, 내세에 대한 탐색, 삶의 덧없음, 노인 문제,
자연에 대한 외경, 고독, 추억의 스케치 등 여러 가지 소재들

을 노래한 작품들이 선을 보인다. 즉 화자의 생애와 세상에
대한 진솔한 접근이 보편적 휴머니티와 함께 평화로운 정서
적 여운을 거느리고 있다.

다음 시를 살펴보자.

싸리발지게에
한 짐 실려진 노란 참외
한 접 반

동트는 새벽녘
쉬~엄 쉬~엄
십여 리 길 발품 팔아

강나루 뱃길 건너
읍내시장바닥 한구석을 차지했다

반나절 만에
애지중지 키워낸
널 장사꾼에게 넘기고

길모퉁이 국밥집에서
허기진 배를 채우며

제값 받지 못한 아쉬운 속내
막걸리 사발로 벌컥벌컥 마음재우다

저물녘 걸음걸이

농부가 흥얼흥얼 갈지자걸음은
오 리 길은 십 리 길 되어

저녁때가 다 돼서야
사립문 들어서시던
아버지 지게 발목엔

어김없이 소금절인
간 갈치 한 두름과
고등어 한 손 매달리고

누런 사각봉투 속엔
겹겹이 포개진 식은 풀빵 열 개가
담겨있었다

취중 말씀은 들리지 않고
봉투 속만 관심 많았던
어린 자식들 마음…
당신이 그립습니다

―「강경 장날」 전문

새벽녘에 '강경 장날'에 나가 참외를 팔고 저녁때에 돌아오는 아
버지의 모습이 너무나 따뜻하고 인간적이다. 시 전체가 가감 없이
사실적으로 그려져 있어서 마치 동영상을 보는 듯하다.
특히 후반부, '저녁때가 다 돼서야/사립문 들어서시던/아버지 지
게 발목엔//어김없이 소금절인/간 갈치 한 두름과/고등어 한 손 매
달리고//누런 사각봉투 속엔/겹겹이 포개진 식은 풀빵 열 개가/담

겨있었다'에서는 가장의 노고와 가족에 대한 아버지의 사랑이 듬뿍 묻어있다. 행복이라는 것이 무엇인가를 실감나게 하는 대목이다.

시가 조금도 난해하지 않고 상황 표현이 적절하여 그 누구에게나 쉽게 감동의 파장을 전해줄 수 있는 장점을 지니고 있다.

다음 시를 살펴보자.


바늘귀에
자식이 앉아있다

한 땀 한 땀 이어가는
야삼경 긴 긴 밤

옥색치마도 아직 인데
분홍저고리는 재촉을 하고
골무는 아프다 징징댄다

쉬 사위어지지 않는
이별한 임
뒷산 소쩍 울음 인가

끝내 돌아올 수 없는 길이기에
허한 속내 다독이다
바늘 끝에 찔린 손끝

벗겨도 벗기어도
양파의 가난 굴레

끼니만이라도 뱃속 채우라고
외딴섬 맡긴 새끼를 품고
베갯머리에 묻는
곤한 몸뚱이…

–「삯바느질」 전문


1연에서 3연까지는 자식을 위해 밤 늦게까지 삯바느질하는 어머니의 노동이 그려져 있고 4연에서 5연까지는 '쉬 사위어지지 않는/그리 간 임은/뒷산 소쩍 울음인가//끝내 돌아올 수 없는 길이기에/허한 속내 다독이다/바늘 끝에 찔린 손끝', 즉 먼저 세상을 떠난 '임'에 대한 그리움과 살아남은 자의 고독을 노래한다.

5연과 6연에선 '벗겨도 벗기어도/양파의 가난 굴레//끼니만이라도 배 속을 채우라고/외딴섬 맡긴 새끼를 품고/곤한 몸뚱이 베갯머리에 묻는다'처럼 벗어날 수 없는 가난의 굴레와 피곤한 삶을 표현한다. 나라가 가난했던 지난 날, 우리 농촌 서민들의 슬프고 쓸쓸한 자화상이다.


다음 시를 살펴보자.


사람이 그리운 날은
너에 소리 메아리 되어
들려왔으면

사람이 그리운 날은
잔을 기울이고 싶은 한 사람
내 곁에 함께 있었으면

사람이 그리운 날은
담소를 나눌 수 있는 한 사람
내 창문을 두드린다면

서로가 가슴을 열고
나는 네가 되어 보고
너는 내가 되어 보며

내 허물 네 허물
서로가 풀어놓고

너에 미소에
위안이 되어가고

너에 눈빛에
희망을 갖는

그런 한 사람
내 곁에 있었으면

―「사람이 그리운 날은」전문

'사람이 그리운 날은' '너에 소리 메아리 되어/들려왔으면', '잔을 기울이고 싶은 한 사람/ 내 곁에 함께 있었으면', '담소를 나눌 수 있는 한 사람/내 창문을 두드린다면' 하는 소망을 갖게 된다. 즉 화자가 고독할 때에 타인의 존재가 그리운 것.

그뿐인가. '서로가 가슴을 열고/나는 네가 되어 보고/너는 내가 되어 보며//내 허물 네 허물 서로가 풀어놓고//너에 미소에/위안이 되어가고//너에 눈빛에/희망을 갖는//그런 한 사람/내 곁에 있었으면 좋겠다.'라고 자신의 고독을 풀어줄 수 있는 사람에 대한 희망의 끈을 놓지 않는다, 유사한 희망사항의 반복이 간절함으로 증폭되는 중층적 효과를 가져온다.

다음 시를 살펴보자.

오늘아침 창가햇살
내일도 여느 날처럼
다시 볼 수 있을까

다음 주는 피붙이들
어미 보러 온다했는데

오늘도 눈으로 먹는
단조로운 종지 밥그릇

수수깡 뼈마디에 붙은
숨은 혈관을 찾는
간호사의 숨바꼭질

몇 번을 찌르고 나서야
링거 물방울 똑—똑
혈관 속을 채워간다

네게 보내는 눈빛만이
내 유일한 소통이건만

바람처럼 스치는 의사의 몸짓
너스레 떠는 간호사의 우문만
내 귓전을 스친다

한밤 어둠 속 묻힌
병상에 뉘인 몸들

그 목숨 놓지 못해
몰아쉬는 거친 숨소리
오늘밤 무사할까

불현듯 파도처럼 밀려오는
소낙비 통증의 절박한 속내

죽을 만큼 아프다고
아이 울음소리 한 번
터트려봤으면…

내 안에 생성되는 배출물질
자력으로 할 수 없는
이 수치스러운 삶
마치고 싶다

모든 것을 빼앗긴
피골상접 이내 몸뚱이
남은 것은 코끝 숨결뿐

피안세계 가는 길이
이리도 요원한가

내 집에 가고 싶다

－「요양원 햇살」전문

　요양원에서 치료중인 화자의 '오늘아침 창가 햇살/내일도 여느 날
처럼/다시 볼 수 있을까'하는 생에 대한 애착과 죽음에 대한 두려움
과 환자의 일상생활이 리얼하다. 병의 고통을 경험한 자로서의 솔
직한 감성이 구절마다 묻어나서 표현 그 자체가 감동의 여운을 데
불고 다가온다.
　'모든 것을 빼앗긴/피골상접 이내 몸뚱이/남은 것은 숨결뿐인
데//피안세계 가는 길이/이리도 요원한가//내 집에 가고 싶다'에서
'내 집에 가고 싶다'라는 마지막 구절이 살아남은 자의 피 맺힌 절규
처럼 울려온다.

　　내 사는 동안
　　외진 곳이면 어떻고
　　번한 곳이면 어떠며
　　허름하면 어떠리오

　　빈부로 살든
　　귀천으로 살든

　　담장에는
　　장미로 울타리치고

　　소박한 마음으로
　　텃밭 일구며

푸성귀 밥상에 담소 나눌
내 한 사람 곁에 있으면
이 아니 족하랴

먼 길 찾아온 손님
형편대로 소반 차려놓고
잔 기울이면 되거늘

청산에 묻혀
자연함께 사노라면
이 아니 족하리오

어이타! 소유만으로
사람살이 논하는가

　－「청산에 묻혀」 전문


'내 사는 동안/빈부로 살든/귀천으로 살든//담장에는/장미로 울
타리치고//소박한 마음으로/ 텃밭 일구며//푸성귀 밥상에 담소 나
눌/내 한 사람 곁에 있으면/이 아니 족하랴'가 말해주듯 대자연 속
에 묻혀 욕심없이 살아가는 화자의 안빈낙도의 생애를 노래한다.
　'먼 길 찾아온 손님/형편대로 소반 차려놓고/잔 기울이면 되거
늘//자연 함께 사노라면/이 아니 족하리오//어이타! 소유만으로/사
람살이 논하는가.'에서는 경제적 소유의 과소로 사람을 평가하는 물
질만능의 세태를 한탄한다.

다음 시를 살펴보자.

그곳이 길이라면
남풍이든 북풍이든
항해에 돛을 달아라

누군가는 개척해야 할 길이라면
너에 뒷사람이 가야 할 길이라면
그 뱃머리에 깃발을 휘날려라

하늘문은 열렸고
대지는 너를 부른다

그곳인들 햇빛이 없으랴
그곳인들 바람이 없으랴
그곳인들 물길이 없으랴

너에 눈빛은 매가 되어
너에 발끝은 치타가 되어
너에 용맹함은 사자처럼
그 장막의 이념을 허물어라

산과 산이 마주하는
백두대간 산하정맥

한강물은 대동강으로
대동강물은 한강으로
두 물줄기 두물머리처럼
얼싸 않고 춤을 추며

끊어진 민족정기
하나 되어

아름다운 금수강산
해 돋는 동방의 나라에
한반도 깃발을 드높여라

–「바람 불면 떠나라」 전문

남북통일의 노래. '그곳이 길이라면/남풍이든 북풍이든/항해에 돛을 달아라//누군가는 개척해야 할 길이라면/너에 뒷사람이 가야 할 길이라면/뱃머리에 깃발을 휘날려라//하늘문은 열렸고/대지는 너를 부른다' 통일을 위한 항해의 길이라면 '돛을 달'고 '뱃머리에 깃발을 휘날리'며 앞으로 나아가자는 것이다. 두려워할 것 없는 것이 '하늘문은 열렸고/대지는 너를 부'르기 때문이다.

화자는 '그곳인들 햇빛이 없으랴/그곳인들 바람이 없으랴/그곳인들 물길이 없으랴'고 반문한다. 통일로 가는 길에 거칠 것이 없다는 의미이다. '너에 눈빛은 매가 되어/너에 발끝은 치타가 되어/에 용맹함은 사자가 되어' 통일을 가로막는 그 장막을 허물'라고 포효한다. 그뿐인가. '백두와 한라의 민족정기/한강물은 대동강으로/대동강 물은 한강으로/합류하여//아름다운 금수강산/해 돋는 동방의 나라에/한반도 깃발을 드높여라'라고 소리친다.

남북통일을 고대하는 화자의 육성이 진정성을 획득한다. 남북이 갈라선 지 이미 70년이 넘었다. 그러나 아직도 통일의 길은 멀기만 하다. 시인은 순수한 통일을 노래하고 국내외 여건은 여러 가지 이유로 그렇게 만만치가 않다. 시인의 슬픔이다.

　이처럼 서윤택 시인의 시는 자신이 살고 있는 이 세상과의 화해와 평화와 사랑을 갈망한다. 그의 시는 정직하고 소박하고 직설적이다. 따라서 쉽게 공감을 불러일으킨다. 그것이 서윤택 시인의 장점이기도 하다. 지난한 시의 길을 끝없이 잘 갈고 닦아서 빛나는 시를 많이 남기기를 빈다.


2020년 늦봄
칠읍 산자락 별내마을에서

# 요양원 햇살

서윤택 지음

**발 행 처** · 도서출판 **청어**
**발 행 인** · 이영철
**영　　업** · 이동호
**홍　　보** · 천성래
**기　　획** · 남기환
**편　　집** · 방세화
**디 자 인** · 이수빈 | 김영은
**제작이사** · 공병한
**인　　쇄** · 두리터

**등　　록** · 1999년 5월 3일
(제1999-000063호)

**1판 1쇄 발행** · 2020년 8월 10일

**주소** · 서울특별시 서초구 남부순환로 364길 8-15 동일빌딩 2층
**대표전화** · 02-586-0477
**팩시밀리** · 0303-0942-0478

**홈페이지** · www.chungeobook.com
**E-mail** · ppi20@hanmail.net
**ISBN** · 979-11-5860-872-9(03810)

이 도서의 국립중앙도서관 출판시도서목록(CIP)은 서지정보유통지원시스템 홈페이지
(http://seoji.nl.go.kr)와 국가자료공동목록시스템(http://www.nl.go.kr/kolisnet)
에서 이용하실 수 있습니다.(CIP제어번호: CIP2020029188)